肌勢とみ子詩集

スワン
ソング

Hadase Tomiko

詩集　スワンソング＊目次

Ⅰ　ブラッシュアップ

Ⅱ　袖触れあうも

Ⅲ　空が

Ⅳ　猫も杓子も

Ⅴ　レッツクッキング

詩集　スワンソング

I

ブラッシュアップ

新しい道

こどもの頃から独り遊びが好きだった
気が付くと傍らに詩があった
それは野に咲く花のように静かな佇まいで
優しく　そして美しかった
わたしは傍観者になってその花に対峙した
どれほど強く望んでも
それを手折って持ち帰ることは許されなかった
与えられた誰かの詩を貪り読むだけの日々であった

たぶん　道を間違えてしまったのだろう
いつしか自分でも詩を書くようになっていた
見栄えの良さそうな言葉を繋ぎあわせて
意味のない改行を繰り返してみたりして
背伸びして書いた詩は
哀しい影を落としてわたしから遠ざかろうと
もがいているように思えた
だからひとおもいに詩と別れることにした
わたしの作る詩は正しくないのだから
詩に関わる行為は一切やらないと自分に誓った
つまらない呪縛から解き放たれた詩は
高みを目指してわたしから離れて行った

それなのにわずか数年でわたしはまた詩に屈した

詩には正しいも間違いもないと知った時
高みにある詩の向こう側に
幸福が透けて見えたのだ
わたしは幸福になりたかっただけだ
人生の最終章を
どっぷりと幸福に浸かって過ごしたい
たとえそれが
あざとくあさましい行為であろうと
わたしはそれを自分自身に赦し
この新しい道を歩き始めようと思う
詩を生涯の友として

帰り道

夢の中で懐かしい道を探しに行く
前かがみになって
そろそろと坂道を下った先にある
浅い谷の底にある小さな池をめぐる細い道
たしか　この辺りのはずだ
いや　もう少し上の方だったかも知れない

それは早春の頃だった
蒼く輝くガラスの欠片を見つけて

野茨の白い花の茂みに隠したのに
多感な少女時代は毎日が冒険の連続で
毎日何かしらに夢中になってすっかり忘れてしまっていた

ふと思い出した時にはすっかり季節が巡っていた
むき出しの膝小僧を傷だらけにしながら
とっぷりと日が暮れるまで
夏草を踏みしだいて探したがどうしても見つからなかった
来る日も来る日も探し続けたけれど
秋風が吹く頃にはとうとう諦めてしまい
いつしか記憶までが藪の中の中に埋もれたままになった

十五歳で故郷を出てから永い刻《とき》を経て
再びその場所を訪れたわたしは思わず立ちすくんだ

谷は埋められ山はそがれて一面が畑になっていた

それからのことだ
時々同じ夢をみるようになったのは
夢の中で　昔のままの道に降り立ち
心残りの青いガラスの破片を探しに行く
もし夢の中で少女のわたしに出会ったら
大人になったわたしは言い聞かせるだろう
―あれは隠れているから美しいのかも知れない
　このままずっと隠しておいてあげようね
そして少女の肩を抱いて囁くだろう
―私は今　人生の帰り道を歩いているの
帰りついたら空の上であのガラスよりも
もっと蒼く輝いてみせる

別れ道

最初の別れは中学校の卒業式のあくる日　父と兄の住む家を出たときでした
その頃は中卒での就職も珍しくはなかったから　悲壮感や不安など微塵もなく　ただ幼いなりの夢と希望に満ち溢れていました
わたしの恵まれなかった生い立ちを慮った理科の教師が助け船を出してくれました「先生の友人が大きな会社の社長だから　お手伝いさんをしながら高校に通ったらどうだ」渡りに船とばかりその話に乗りました
掘っ立て小屋同然の生家を一刻も早く出たかったし　高校へ行ける

のなら何の躊躇もありません　卒業式が終わるとすぐ逃げるように
家を出ました

しかし先方に着いてみるとどうも様子がおかしい　その日不渡り手形を出して会社が倒産したのです　慌ただしい空気の中で身の置き所もなくただぼんやり立っていると奥様から言われました「あなた一人ぐらいどうにでもなるけどどうする？」その夜はおばあさんの部屋に寝かされました　よく朝　不機嫌な顔をしたおばあさんが部屋に来るなり「まったくね　一日も働いてないけど奥様からこれ」そう言って数枚の千円札を投げるように置きました

独りになると急にくやしくなって　握り潰したお札を床に投げ捨てました
けれどひとしきり泣いた後は気が晴れて　拾ったお札の皺を伸ばし

て財布にしまいました　翌日　その家とは二度目のお別れをしました　知らない人に連れられて行った先は小さな美容室　そこでの数日間何をして過ごしていたのか　何一つ思い出せません　一日中ただ突っ立っていただけでしょう　たまりかねたオーナーが言いました「あなたにはこの仕事は合わないと思うわ」言われた途端号泣するわたしに困り果てて　中学の担任に電話をかけたオーナーの手から受話器をひったくって「せんせぇわたしクビになりましたぁ」しゃくり上げながら途切れ途切れに言うわたしに　懐かしい先生は優しく穏やかに言いました「今すぐそこを出て先生の実家に行きなさい」これが三度目の別れです

先生の親戚が本屋さんを始めたばかりでした　次の日から午前中は入荷した本を棚に並べて　午後は自転車で配達にまわる仕事を与えられました

四月には高校生になったわたしに　店の小さなお嬢ちゃんがそれは
それはよく懐き　自転車のうしろに乗せて走るとほっこり温かい小
さな手で背中にしがみつきマシュマロのようなほっぺをくっつけて
くるのです　わたしは「おねえちゃん」と呼ばれました　それなの
に今　お嬢ちゃんの名前がどうしても思い出せないのです　いくつ
かの別れ道を遡って　昔の大切な落とし物を探せたならどんなに嬉
しいことでしょう

墜落

世間の重力に惑わされて
飛翔していたつもりがまさかの墜落
底　ありますか
底の底は　ありますか
どん底　あります

見下ろすかわりに
見上げる愉しみ
少し歪んだ世間の足裏

低い場所からでも空は見える
風は心地よく吹いてくる
この場所こそ
身の丈に合っている気がするから
もう　わたしは焦らない
地に足がついているのを感じるから
開き直って崩れる
心も躰もどん底で崩れる

失ったものは数え切れないほどあるけど
あとから手にいれたものばかりだから
手放すべき時に手放した
今は手ぶらで　ただ浸っていればいい

すれ違いざまに見知らぬ人からもらった
微熱を帯びた無償のやさしさが
わたしの瞳の色を深くする
明日　わたしは
我が身を少しだけ端に寄せて
見知らぬ人のために道を譲るだろう

偉そうに

小さな薬局の待合室が今日はやけに混んでいる
最後に　よろよろっと入ってきた
理科実験室の骨格模型にワンピースを着せたようなおばあさんに
席を譲ろうとして立ち上がった
戸惑って後ずさりする人を無理やり座らせて
偉そうに
―わたしは付き添いなので立っていても平気ですから
そう言いつつ踏ん張った両足に力を籠める
今ここで貧血でも起こして倒れでもしたら恥の極みだ

急に冷や汗が出てくる

いつも行くスーパーは　一階の売り場の混雑を避けて
ガラガラの二階のレジに向かうのがいつも使う手だ
珍しく今日は二階のレジにも長い列ができている
最後尾に並んでふと振り返ると
缶ジュースを一個持った青年がやってきた
わたしは品物を詰め込んだカゴを両手に持っている
—あなた　それだけだからお先にどうぞ
青年は顔を赤らめてペコペコしながら前に進んだ
やがて自分の順番になったとき
青年はチラッとこちらを振り返って会釈をした
小首を傾げてほほ笑み返す
精算が終わると青年はもう一度会釈をした

心持ち踵を上げて胸を反らせ
腰の辺りで小さく手を振って応えた
舞台のセリから上がってくる女優になった気分
偉そうに　功徳を積んだつもりなのか

家では連れ合いの濡らしたシーツを
何の配慮もせず文句たらたら引っぺがすくせに
たった一本のキュウリのために
あした美しい蝶になるかもしれない青虫を
躊躇することなく素手でつまみ捕ったくせに
薄っぺらな親切で　犯した罪をチャラにする気か
ふん　偉そうに
うしろの空にぼんやり月が出ているのも癪にさわる
七十の女　本日も足取り重し

世を儚んで

ある日思った
花なんて　と
花なんていくらきれいに咲いたところで
少しも腹の足しにはならない
だから庭中の花を引き抜いて
代わりに野菜を植えた
ところが春になると野菜をかき分けて
チューリップの花が咲いた
今さら笑顔なんてと思っていた頃

自然に笑みがこぼれた
花　いいじゃん

音楽なんて
音楽なんて生きてゆくためには
何の役にもたたない
そう思っていたけど
はなーは　はぁなは　はなは咲く　と
歌っただけで涙が止まらなくなった
自分の歌で泣けるなんて
音楽　すごい

匂いなんて　と思ってもいないのに
もう十年来匂いを感じられなくなった

初めは大したことではないと思っていた
目が見える　耳も聞こえる
味だってちゃんと分かるから
それほど困りはしないと思った
けれどもどこかがおかしくなってきた
音のない世界
色のない世界にいるような感覚
もうあの賑やかな日常へは引き返せない
どこかいびつな場所にいる自分
匂い　嗅ぎたい

この頃は
詩なんて　と思っている
ジンセイなんて　と

たまに思ったりもする
ジンセイなんてもう先がみえている
もれなくお迎えがくるのだ

お迎えと言えば　子供の頃から
一度も迎えにきてもらった記憶がない
入学したばかりの小学生でも
四キロの道を独りで歩いて家に帰った
誰もいない家に着いたら
大きなバケツを下げて泉に水汲みに行く
十五歳で家を出て
二十歳の頃に一度帰ってみたら
迎えどころか家さえなかった
わたしのジンセイなんてそんなもの

そういえばジンセイという文字は
人が生きると書くのか
知っているくせにと　笑い転げたあとで
こっそり泣いた
お迎えがくるまでのはなし

わたしなんて
わたしなんて　と泣いた
世を儚んで

Ⅱ

袖触れあうも

知りたい　を　知りたくて

知らなくてもいいですか
知った方がいいですか
知らないままがいいですか

昭和の歌謡曲に
『知りたくないの』という曲がある
（あなたの過去など　知りたくないの）
わたしは何が知りたいのだろう
あなたの過去でないことは確かだけど
齧りつくして芯だけ残ったリンゴのような

わたしの未来なんて今さら知りたくもないし

それなのに
わたしはいつでも何かを知りたい
いったい何をそんなに知りたいのだろう
本の中に隠されているかも知れない答えを探して
あらゆる分野の本を貪るように読んでみる
ほとんどの物語は過去形で書いてある
やはりわたしが知りたいのは
過去の出来事なのだろうか

知りたい
知りたい
何を知りたいのかを知りたい

あの段だらの

あの段だらの
朝焼けに染めあげられた帯状の雲と雲のあわいに
わたしへのメッセージを書いた紙が
小さく畳まれて仕舞い込まれている
そんな空想にとらわれていた頃
風に揺れる草の穂に何を見ていたのだろう
指まで染まるほど蒼い空　気は澄みわたり
水は果てしなく清く湧き出ていた
わたしはそこにいた

いつも独りだった

木々は枝を広げて鳥や虫たちを護り
野原では咲き乱れた花々が蝶や蜂を誘っていた
わたしはそこにいた
掃いて捨てるほど瞬いている星の下で
何かが欠けていた

あの段だらの
朝焼けに染めあげられた雲の緞帳を押し上げて
西から東に向かう寝台列車ブルートレインが
広島辺りに差し掛かったころ
自転車を停めた牛乳配達の青年が
遮断機の向こう側でシャドーボクシングを始めた

ジャブを数回繰り返したあとで
ストレートに見せかけたフックをかまして
あごを狙ってアッパーをぶちあげてくる
お見通しのパンチを軽く往なして
親指を立てる

警報機が　いやゴングが鳴った
第二ラウンドの幕開けだ
大阪に着いたらどんなパンチを繰り出そうか
孤独はもう友達じゃない
あざとく軽々しく生きるのも悪くない
初めましてコンニチハ
なんかぁ　アタシ　お腹すいちゃったみたい

恩送り

ヒタ　ヒタ　ヒタ　と猫につけられているかのような
密やかで慎ましかった雨音が
突然本性を顕にして　狂ったように激しくなったのは
上り坂に差し掛かってすぐのことだった
崖の途中から俯き加減に伸びた山吹の枝を雨粒が執拗になぶっている
通り雨だからと　軽く考えたのがいけなかった
けれど　降ると分かったところで　家に帰っても傘はない
また誰かが傘を捨てて行ってくれるまでは濡れるしか手はない

坂を上がり切った辺りで立ち止まり
震える指で雫の垂れる前髪をかきあげる
ふと周りを見渡すと雨はすっかり小降りになっていた
肩を回して　今上ってきた坂道を見下ろすと
遥かに遠く雲の切れ間からガラス板を立てかけたように
陽の光が差し込んで　そこから淡い虹が立ち上がっていた
しばらく見入って　ほぉーっと息を吐いた
濡れそぼって冷えた身体の裡側で息は温もりを放さない
—あの現象は「天使の梯子」って呼ばれているの
　きっとあなたへのギフトね
うしろから声が聞こえたので振り返ると
近くの家の前で高齢の女性《ひと》が手招きをしている
軒下に燕の巣がある家だ
戸惑いつつも促されるまま家の中に入った

土間に敷いた段ボールの上に濡れたものを置いたら
お風呂で着替えておいでと　タオルと服を渡された
温かいココアを両手で包み込むようにして飲んでいると
—雨は誰の上にも平等に降ってくるものだから
　傘のないあなただけが濡れていいはずはないの
あなたは雨の日に限ってこの道を通っているね
明日からはこの傘をさして広い道を堂々と歩きなさい
そう言って真新しい傘を差しだした
—小さい頃　裸足で歩いていたわたしに靴をくれたひとがいたの
　そのひとはもういないから　その恩をあなたに返させてね
もし濡れているひとを見かけたら
その時は　あなたが傘に入れてあげる番よ
　お　ん　お　く　り
ゆっくりと噛みしめるようにそう言って微笑んだ

親燕の影が窓をかすめて
にぎやかな雛たちのこえが聞こえた

心に沁みる歌

夜更けに　突然雨が止んだ
雨音が消えると寂しさが急に増す
硝子戸をそっと開けて外を見ていると
何軒か先の　小さな明かりの灯った窓から歌声が流れてきた
♪島唄よ　風に乗り　届けておくれ　私の愛を
歌が終わると　それまで硝子戸に張り付いていた雨粒が
堪りかねたように　つぅーと流れて落ちた
わかるよ　その気持ち
私にも聴いている内に涙が溢れる歌がある

たとえば　童謡の「七つの子」
♪鴉　なぜ啼くの
　鴉はやまに　可愛い七つの　子があるからよ
　可愛い　可愛いと　鴉は啼くの
　可愛い　可愛いと　啼くんだよ
七つの子（わたし）を置いて母は家を出て行った
可愛い　くは　なかったのかな
だとしても　恨むことは知らずただ恋しかっただけ

それから「小さい秋みつけた」にも涙を誘われる
たたみ掛けるように　誰かさんが誰かさんがと歌う
中でも二番の歌詞は童謡とは思えないような侘しさだ
♪誰かさんが　誰かさんが　誰かさんがみつけた
　小さい秋　小さい秋　小さい秋　みつけた

お部屋は北向き　くもりのガラス
うつろな目の色　とかしたミルク
僅かな隙から　秋の風
小さい秋　小さい秋　小さい秋　みつけた
塗り薬は届かず包帯も巻けない心の痛みに歌が沁みる

黄昏のひと

丘陵の背をひな段状に造成された住宅地の
最上段の角に我が家は位置している
どこかに出掛けるにしても　帰ってくるにしても
長く急な坂道を上るか下るかしなければならない

乳飲み子を背に　上の子の手をひき
中の子を乳母車に乗せて何度もこの坂道を歩いた
不思議にこの坂がいやだとは思わなかった
そのころ　丘陵の尾根よりも高い夢があって

その夢は容易く叶えられるものと信じていた

玄関を出たら数歩で車に乗る生活が当たり前の今
夢なんかあったことすら忘れてしまっている
休日の気まぐれに
下のコンビニまで歩いて行ってみようと思い立った
坂の途中ですれ違いそうになったひとの顔に
見覚えがあると気がついて
慌てて立ち止まって挨拶をすると
—ごめんなさいね　近ごろ忘れっぽくなって
　どなたでしたかしら
苗字を名乗ると　ほっと安堵の笑みを浮かべて
—あそこの角の　お花がたくさん咲いているお宅ね
　いつも散歩の楽しみにしているの

花をきれいに咲かせるひとは心の中もきれいなんですって
（ですってよ　心　も　ということはもしかして）
あのね　世界中には二十万種類以上の植物があるの
（出会い頭の立ち話にしては大層なテーマですこと）
その植物のほとんどが人間《ひと》のために役立つ可能性を秘めた
優れた効能をもっていると考えられているの
今や世界中の研究者がその解明に取り組んでいます
これからの医学はもっと進歩するはず
だからわたしは認知症の進行を抑える効能を持つと言われる木を
去年　お庭に植えたの
谷川さんの話は理路整然としているけどやたら長い
（そうそう　そのひとの名は谷川さんだった）

—あら　菖蒲

急に下を向いた谷川さんの視線を追うと傍の家の庭に
短刀を思わせる　先の尖った葉に護られるように
筆先に青墨をつけたような蕾が起立していた
—セーラー服ってご存じ？
（それは存じてますが……話飛びます　か）
あの襞の多いスカートを履いてこうやって
そう言いながら谷川さんはゆっくりと廻った
青地にピンクの花柄のワンピースの裾がほんの少し揺れた
—こんなふうに思いっきり早く回った時のように
襞がのぞいて少しずつ菖蒲の花が開いていくの
花の中に何が入っていたか知りたい？
顔を寄せたらね　ふぁっと風が吹いて
それから　きれいな鳥の囀りが聞こえたの
菖蒲の蕾の中には風と鳥が住んでいる

そう思って耳を澄ませたら
裡《なか》からゆきちゃんの笑い声が聞こえてきたの
ゆきちゃんは小さい頃に雪のように消えたままだったから
懐かしい声がまた聞けて嬉しかったわ

そこまで言うと谷川さんは背筋を伸ばして
―では　また会いましょう
と　ひとこと残して歩き始めた
ひとり残されたわたしは菖蒲の蕾に顔を寄せてみた
（あらま　ほんとに鳥の囀りが聞こえる）
足踏みをしてみた
ちゃんとある　わたしの足はある
ちょうど角を曲がろうとしている谷川さんの方を見た
半分だけ残ったスカートの裾が揺れて消えた

足は　谷川さんの足は……

Ⅲ　空が

空が

いつになく弱気な心臓をなだめつつ
重い足取りでゆっくり登った蓼科山
うって変わった下りの爽快感
岩と岩との隙間　木の根が創った窪地に
判を押すようにひらりひらりと駆け下りて
ダケカンバの森を下りきると
さざなみ寄せるクマザサの海
ついに姿を見たり秋の風
と　何気に振り返った

ザックの肩越しに
おお　空が
空があんなに高いなんて
チョウツガイやらバネやらネジやら
体中の部品が弾け飛んで
もう　無理でしょう
元には戻れない

参ったね
どこまでも空
意味もなく溢れる涙

ほし

都会の夜空に
頼りなげな白鳥座の星たち
痛々しく　淡いその瞬き
地上の光に溺れて見えない銀河

そのとき
わたしが観ていたのは
そんな空だけだった
いったい　何が大切で

何が大切ではないのか
いつまで考えていても
こたえはみつからない

黒いシルエットだけの木々の上に
雲のベールをまとったような月
その月あかりよりも不確かなこの刻《とき》
ただ星を眺めていた　それだけのことが
どうしてこんなにも尊く懐かしく
いつまでも心に残るのか

言葉に残すなら
「ほし」としか言えないのに

彗星

どこですか
あれです
ああ　あの淡い光ですね
翔んでいるのですか
燃えています
あの星はいつまで見えますか
燃え尽きるまでです

いい晩ですね

とてもいい晩ですね
どうぞ星を見ていてください
なぜか涙がこぼれそうです

あめ

あめがふる
あめがふる
よるをとおしてあめがふる
わたしにふる
あめのおとは
とても　いそいでいる
とけいのようにいそいでいる
わたしのからだ
うつぶせになってねている

しずんでいる
せなかにささるあめのしゃせん
むすうのせん
なめくじのようにとけてしまった
わたしのからだ

あめはわたしをかなしくさせた
かなしみは
わたしにあめをふらせた

天狗岳縦走

東の天狗　西の天狗
互いを繋ぐ雲上の回廊
その中ほどで　初めての滴りを認めた
遠く佐久の辺りから吹き上げてくる風に煽られて
乱れ　散っていく雨
わたしの人生もまた
煽られて　乱れて濡れて
だが　どんなに降ろうと構わない
止まない雨はないと　知っているから

情熱は汗に変えて　約束は掌のなかに
何も捨ててはいけない
山に捨ててはいけない
濡れて尚華やぐ　強靱な力を秘めて
天狗より天狗への回廊を渡る雨に打たれる
どんなに降ろうと構わない
止まない雨はないと　知っているから

Ⅳ

猫も杓子も

片思い

ほれ　見てみ　まだいてはるで　あのこ　あんたのこと探してんのとちゃうか
あかんやん　ブラインドの隙間からチラチラ見てるやなんて
吉原の遊女が　客の品定めしてるみたいやんか
あ　かんにんやで　あんたら吉原知らんねんな
ほうやなぁ　今でいうたら　地下アイドルみたいなもんや
普通のアイドルと違ごて　推《お》し　ゆう輩《ファン》がお金ぎょうさん納めに行くとこや
歌やダンス観たあとで　そこに積んだある品物買《こ》うたら　ええことあんねんて
ひとつ買うたら握手　みっつ買うたら一緒に写真撮らしてくれるゆう具合やな
段ボール箱一杯分買うたら耳に息吹きかけてくれる　とか　知らんけど

ニンゲンの世界のことやから　あんたらねこさんには関係あらへんか
そや　うちら　前世でいっぺん会うとるんとちゃうやろか
あんたが初めて来たとき　なんや懐かしいゆうか初めての気ぃせなんだえ
あんたかて　初めての家やのに　さっさとカリカリ食うてたやんか
あんた　まんまるのおめめ　まんまるのおつむ　まんまるのおちり
フカフカして　ほんま　かいらしなぁ
あんた　ながぁいせなか　ながぁいしっぽ　ながぁいおひげ
フル装備やから　何したかてうまいことできんねんなぁ
うちが　脚が痛いよって　もたもたして階段上がっとっても
いっつも　一緒に同じ段に足おいて　うちに合わせてくれとるやん
そやのに　ねずみ咥えて帰ってきたとき
ダダダダッて　三段跳びくらいの勢いで階段上がったん　うち知ってるで
お願いやから　もう殺生はやめてんか

ねずみがかわいそうやんか　おまけに後片付けすんのん　うちやで
あんたらの先輩のお墓　庭の隅にあるやろ
あそこに　ねずみも一緒に　ぎょうさん埋めたあんねん
こんど手ぇ合わして　ごめんなさい言うときや

あんた　おんもで「ころーんして」言うたらすぐにころーんするやん
そんで雨降って濡れとったら　信じられへん　ほんまにここでせなあかんの
みたいな目ぇしてうちをじっと見て　ナオーンて啼いてから転がるやろ
あん時のあんたも　めっちゃ好っきやねん
あんた　来世も一緒に暮らそな　えっ　もしかして来世はいやなんか
ほなら　あのシリガルねこ……やない　シロねこのこと好きなん？
ほなアホなあ　片思いやなんてそんなんいやや　傍におるだけでええねんで
なぁ……

はぐれ鴉

あんたはカラス
わたしはニンゲン
あんたとわたしはともだち
ただそれだけ

ほとんどのニンゲンはあんたのことを嫌っている
見かけが怖い　声がうるさい
ゴミを漁ってまき散らす　縁起が悪そう
かわいげがないなどと言う

だから　わたしらは人に隠れてこそこそ友情を育む

わたしとあんたの間に何の忖度もないけれど
暗黙のルールがある
あんたは　うちの猫に手をださない
あんたは　うちのゴミを引っ掻き回さない
わたしは　あんたを追い払わない
わたしは　他のニンゲンがいないとき
あんたの前にうっかり落とし物をする
あんたが家の前の道路に落としたフンは大目に見る

あんたとわたしは一緒に草むしりをしながら遊ぶ
わたしは知っている
あんたはスキップがとても上手だということ

わたしは知らない
あんたがカラスの仲間と群れないわけを
あんたが私の秘密をどこまで知っているのかを

ペットショップ繁盛記

もうあかん　アテはおしまいや　思いましたわ
この前まで三メーターぐらいの脚立やったら
平気で上に立って枝伐ったりしてましたんやで
それが近ごろ　怖くて怖くて　でけしまへんねん
腹出てきおったらなんやバランスとれしまへん
そやから三段目まで登ったら脚立に腹支えてもろて
腹ばいになって立っとる言うか　わかりますやろ
そんで剪定鋏で枝伐ったろ思て手ぇ伸ばした途端
脚立がガクッと前のめりになってもうて

グググッと沈んでまいおったんや
誰かてびっくりしまっしゃろ
何が起きたんか一瞬わからしまへんでしたもん
そんで下見たらさっき手放した剪定鋏が
刃を上に向けて立ってますねん　腹の下辺りに
もう　あれや　走馬灯言うんでっか　見えましたで
アテのこんまい頃からの重大ニュースが百倍速で
映像みたいに脳天に流れましたんや

アホ違うか　おっちゃんなんか出てくるかいな
そんなん言うてんと　早ようカリカリ出してんか

せやせや　なんでそないなことになったんか
訊きたいんでっしゃろ　今話しますよって

まぁ間が悪いゆうか　順番間違えたちゅうか
前の日にな　畑の土柔らかくしといたろ思って
鍬で深う耕して腐葉土をたっぷり被せましたんや
ところがそのこところっと忘れてしもうたんかなぁ
今日は枝伐りしよう　てなことになったんですわ
それやのに　何でまだ生きとんのかってか
おっちゃん　口のきき方気ぃつけや

ちょっと前に　隣のバァさんがな
でっかいベニア板　息子さんが置いてってんけど
「こんなもん　じゃまやねん　どないかならんか」
言わはるから　ほならアテがほかしてあげまっさ
言うて　うちの塀の内側に立て掛けといたんやけど
脚立が倒れそうや言うアテの大声聞いて

うちのミィやんが　へぇ　よう肥えたはる
かいらしミィやんがびっくりしてつっ走ってきましたんや
真っ直ぐに塀とベニヤの間に突っ込んできましてん
狭んまいから無理やり体入れようしはったんや
ほなな　ベニヤが倒れて脚立と塀の間に
がっちり嵌まりましてなぁ
そうでおますぅ
うまいこと脚立の脚を支えてくれましたんやがなぁ

そら猫のお手柄でんなぁ　猫の恩返しちゃいますか

おっちゃん　たまにはうまいこと言わはるなぁ
ほんま　猫の恩返し　ですわ
そやそや　ミィやんにご褒美あげんといかんがな

おっちゃん　チュール　どっさり持ってきてんか
カリカリも　もうひと箱　頼んまっさ

時空を超えて

隣に老夫婦が住む大きな柿の木がある家があった
毎年秋になるとおじいさんが甘い柿をもって来てくれた
やがておじいさんが死んで
おばあさんは柿の木を伐ってしまった
それからほどなくしておばあさんも亡くなった
誰もいなくなった家はそのまま何年も残された

ある年　我が家の敷地に柿の芽が出てきた
隣のあの柿の零れ種から芽が出たに違いない

柿の木はどんどん伸びて数年で実をつけるようになった
けれどもその実はあの甘い柿ではなく大きな渋柿だった

去年　古い家が壊されて新築の家が建った
夏のある日　隣に引っ越してきた人が挨拶にきた
ドアをあけるなり　開口一番
—塀から枝がはみ出した木を伐ってくれませんか
帰ってゆく人の背中をおいかけるように
のこぎりを持って柿の木の元に走った
ぎっしり生った青い実をみないようにして
腕ほどの太さの柔らかい幹にノコギリの歯を当てた

ごめんね　ごめんね
カリカリ　ジョリジョリ　白い粉を飛ばしながら泣いた

あと少しというところで枝の重みに耐えかねた柿の木は
ドッと倒れて枝についたままの実が土に埋まった
白い切り口を撫でながら暗くなるまで泣いていた

しばらく経つと切り株からひこばえが生えて葉をつけた
柔らかい翡翠色の葉を残らず摘んで柿の葉酒を造った
秋になって遠くに住む兄から贈り物が届いた
大きくて渋いあの柿の実だった

—ねぇ　空を飛んでうちに還ってきたの？
思いがけないことは　思いがけない時に起こる
それも思いがけない場所で

そういえば　この頃空を飛ぶ夢をみなくなった

V　レッツクッキング

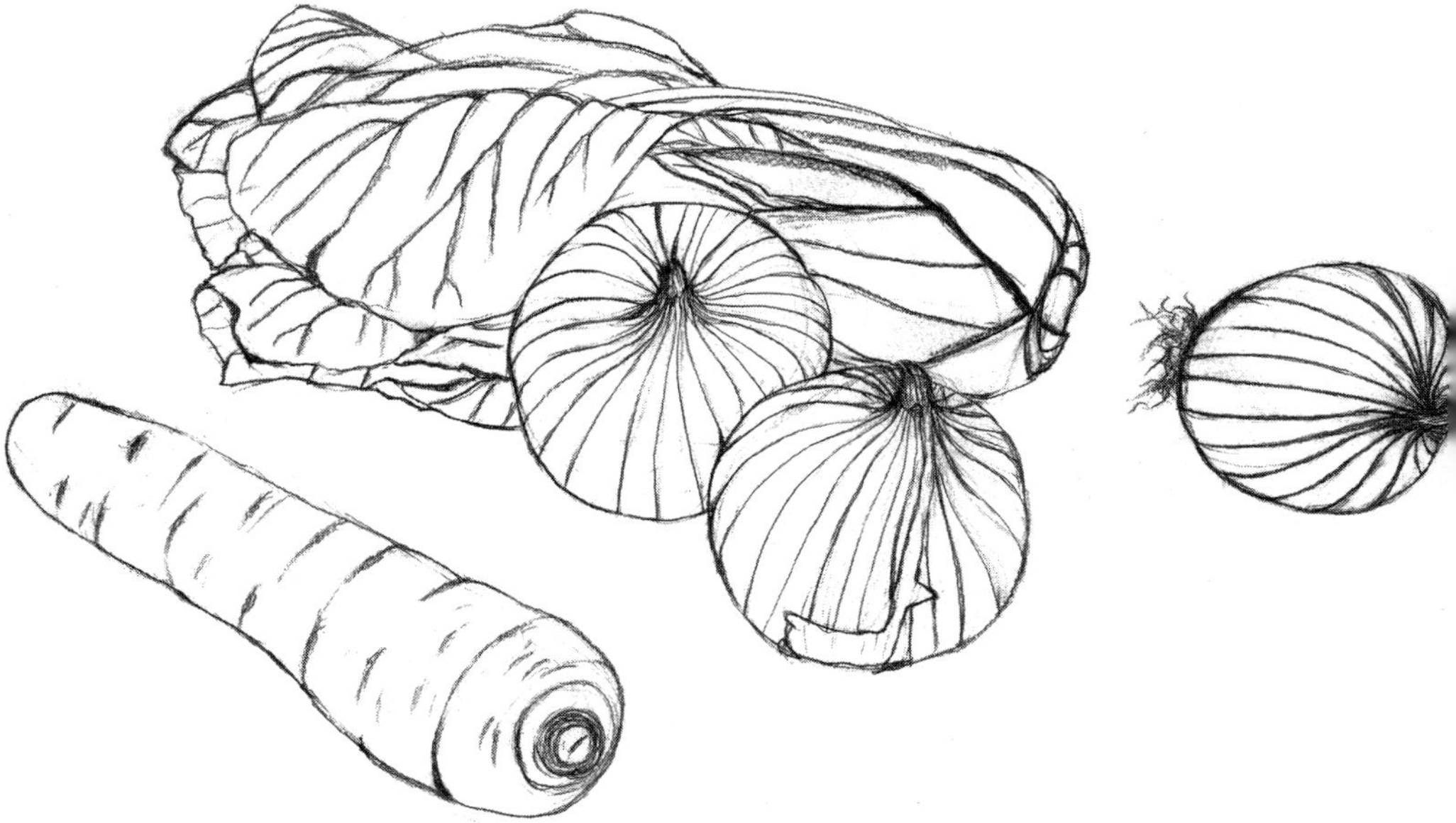

フルコース

ようこそ　わたしのレストランへ
本日のメニューは
　ときめき料理詩人風

季節の香りゆたかな抒情詩の前菜
熱い涙のスープ
皮肉の小骨が突き刺さる風刺詩のソテー
エスプリのかけら添え
お口直しに

フルーティーなライトバースのシャーベット
メインデッシュは
ジェラシーのソースを絡めた愛の詩のテリーヌ
付け合わせに
ちょっと拝借　サラダ記念日

さあ召し上がれ　ひとりだけのお客さま
デザートには
透き通った夢の詩のゼリーを

三日間クッキング

本日のメニュー
　至福のサンドイッチ（カホウハネテマテ）
材料
　骨抜きのわたし一体
　西川の高級羽毛布団一式
調味料
　歯の浮くようなお世辞をありったけ
　甘い言葉　金儲けの秘訣　痩せる薬
　手に入るようなら若返りの薬など

隠し味
　哀れみのしょっぱい涙を一滴
作り方
　まず中身の下ごしらえをします
　箱根か道後温泉　或いは別府辺りに
　二、三日逗留させて浮世の垢を取り除いておきます
　硬くなった関節は丁寧にマッサージをすると
　柔らかくなって骨が抜きやすくなります
　頭部は切り捨てます　使い道がありません
　空っぽですから
　舌は二枚付いています
　よく吟味してどちらか一枚を用います
　むね肉はすでに平らにしてあります
　心臓に生えている毛は必ず抜いておきます

剛毛でとても危険です
腹の中は見事に真っ黒でたいそう美味です
いちばんのお勧めとしては……

ここで　大切なことをお知らせしなくてはなりません
本日の材料の賞味期限についてですが
それが……もう　とっくに……

アルデンテ

なんだとぉ　このやろう
もう一遍言ってみろ　おれのどこがヒモだってんだ
おれはなぁ　こう見えても……

まあ　まあ　まぁ　あんたさん　落ち着きなさい
そんなにごねてないで　さっさと捏ねておしまいなさい
お怒りのところに頭から塩水を差して悪いけど
手だけは止めちゃいけないよ
粉と水がすっかり馴染むまで

捏ねて捏ねて回してひっくり返して捏ねて叩きつけて
また捏ねて　引っ張って
そうそうあんたさんはほんといい手付きだねぇ

さて　そろそろ足で踏みつけておしまいよ
おや　なにを慌てているんだね　あんたさんらしくもない
構やしませんよ　もうあんたさんの手の内に
じゃなかった　足の下にあるんだもの
誰に遠慮がいるもんかね　もっと踏んでもっと踏んで

ほうら　いい艶が出てきたじゃないか
きっとコシの強いうどんができてるんじゃないかい
西洋じゃ　アルデンテ　とかいうて
髪の毛一本ほどの芯を残して

麺を茹でるのが王道らしいけど
うどんに芯があっちゃおしまいよ
麺が切れずに丸ごとのままツルリと喉を通ってこそのうどんってもんだ
なぁあんたさん　違うかい

ところで　出汁じゃが……
あぁ　わかったわかった　それはまた今度ということで

腹の立つ日のナス料理

まず　茄子がなくては始まらない
茄子を三本洗ったら　何も言わずに切りつけよう
言いたいことがあっても　今言ってはならない
や　ピーマンが目撃している
こいつもついでにメッタ切りだ
フライパンが音もたてずに熱くなったら
バラバラになった茄子とピーマンを痛めつけよう

さあ今だ　言いたいことがあるのなら

今言ってしまうのだ
ジャージャーとうるさい油の音に負けてはいけない
あらんかぎりの声を張り上げて
手には包丁を持って

湯葉の正体

ある風の強い日
ベージュ色をした　レースのワンピースを洗った
こういう日は洗濯物が飛ばないように
ハンガーごとピンチで竿に留めるのは百も承知
わかっちゃいるけど　なんとやら
せっかちな上にずぼらな性格　おまけに楽天家
根拠はないけど飛ぶ筈はない　気がする
乾いた頃合いをみて取り入れに行くと
当然と言うべきか　不思議と言っていいのか

あるべきところにワンピースの姿はない
その時何かが視線の端を過ったので
バラのアーチの上に眼を向けると
ぞろりと長い何かがバラの棘に絡まって
痛々しくも激しくのたうっている
あれは湯葉にとても似ているけれど……
そもそも湯葉とはいったい
何をどうやってできたのであろうか

教えられた作法通りに
つぶつぶのゴロゴロした大豆を
柔らかくなるまで煮込んですり潰しても
それは潰された大豆に他ならない
袋に入れて思いっきり絞ってみても

ただの汁と粕
頭にきたから　汁の入った鍋を火にかけて
せめて作法だけでも試してみた
手応えのない鍋の中に
箸を斜めに沈めて引き上げ
あくびの途中のような顔で箸を口に含めば
わっ　もしかしてこれは
そうです　これこそが湯葉の正体です
もはやそれは大豆の姿ではありません
もちろんワンピースなんかじゃない

Ⅵ　スワンソング

闇を用いて手元を照らす

それは困ります
わたしから夜を奪わないで下さい
わたしから不安を　失敗を　不幸を
遠ざけないで下さい
夜無くして朝はこないのです
不幸を知らなければ幸せの価値は語れません

生涯に一日だけでいい
特別な最高の一日がありさえすれば

他の日はただ過ぎ去ってしまえばいいのだ
そんなことを思っていました
余命　という言葉に出会うまで
ありきたりの一日の大切さと
その計り知れない重さを知らなかったのです

余命を告げられた人たちの多くが
猶予の日々を使い果たし
それでも尚
新しい朝を迎えられたとき
その新鮮さに驚くと共に深く感謝するのだと聞きました
それはすぐ傍にいる家族や恋人に
ではなく　また宗教上の神にでもなく
むろん　目の前にいる医師に対してでもない

強いていうなら
天に感謝するという
窓越しに朝焼けの空を仰ぎ
そうして瞑目するのだと

わたしは敢えて闇に身をおく
僅かに光を放っているであろう
確かな道を求めて

のりしろ

この期に及んで何をジタバタすることがあろうか
残りの人生はゴールが見える所まで来ているのだ
そう思って鬱々と過ごしていた日々に転機が訪れた
早春の突風に煽られて
否応なく迷い込んだ道を分け入ってみた先で
自分の居場所　というより本来の自分自身を見つけた

分け入っても　分け入っても……と
かの高名な俳人は詠んだが

地下道の行き止まりが地下壕の入り口であるように
そこは　のりしろ　という言葉を思い起こさせる
終わりかけた人生の続きの間であった
そこに待っていたのは
垢じみた服を着た　おかっぱ頭の小さな女の子
おどおどした暗い眼で大人の顔色を窺ってばかりいた
けれど頭の中ではいつでも
独りお楽しみ会が開かれていて　延々と続く空想の世界
「おかえり」嬉しそうに
大人になり過ぎたわたしを迎えてくれる

わたしは　もう一度自分自身を生きる
新しい友達　新しい愉しみ　そして新しい明日
のりしろはクルクルと巻かれて果てしなく続いている

光る道

これは天からの祝福なのか
それともわたしは試されているのだろうか
あのとき見た　光に照らされた道は幻ではない

わたしの物語を　小説やドラマに例えると
起承転結　でいうところの　結　の章に入っている
どんなにあがいても　あと数ページしか残っていない
覚悟はしているものの
このまま終わってしまうことに少なからず焦りもあるのが本音だ

些か持ち重りのする背中の荷物に振り回されたまま逝くより
幼子の食べこぼしをテーブルクロスごと外に運び出して
一気に叩き落としてしまうように
余分なものは尾根ごと谷底に落としてしまうのはどうだろう
年が明けて幾日か経ってしまったが
自分なりの初日の出を観に行こう
痛む脚を引きずってでも
尾根の頂上まで長い石段を上るのは今しかないと思った

脚を庇ってゆっくりと石段を上るので　途中で太陽が出てきてしまい
振り返った瞬間　脚がもつれて石段脇の榊の植え込みに倒れこんだ
手を伸ばして辺りを弄ると硬いロープに指先が触れた
両手でロープを摑むとなぜか地に脚が着いていた

獣道なのか枯草が踏み倒されただけの危うげな道が
丘陵を巻くようにしながら麓の竹やぶに向かって続いている

一陣の風に櫨の木が枝を揺らし　そこに吊るされた板切れが
わたしを誘うようにカタカタと音を立てていた
　ようこそ　こちら側へ
不思議な想いに駆られてそこに書かれた文字を読む
木々の間から　朝日に照らされて眩しく光る道が見える
そこはわたしのための　転　の入り口であった

自分がこの世に生まれた理由《わけ》をじっくりと考えてみたい
尋ねる先はいくつもある
最後まで分からなくてもそれはそれでいい
今はただ　眩しく光る道を目指して歩くだけだ

柿の実のように

いよいよ機が熟したようだ
魂は先走って高みを指し
てっぺんにひとつだけ残された柿の実のように
怒りや悲しみや情熱をまるごと抱え込んで
ぼんやりと熟れて成っている

風が吹けば　風に揺れつつ
雨が降れば　雨に濡れながら
てっぺんから眺めている

老いてゆく　自分の姿を
喘ぎ喘ぎ山を登るように
人生の山坂を超えようとしている自分を
今更どうでもいいじゃないかと
見下ろしている

そのくせ　わたしは何かを待っている気がする
待っていた物が何だったのか
とうの昔に忘れてしまっていても
柿のように熟れて待っている

サイレントスワンソング

歌えよ　わたし
知死期《ちしご》の床《とこ》で最後の息を引く前に
鳥に倣って
声高らかに歌えよ

浮かべよ　わたし
遠い昔の最良の日の一コマを
極上の微笑みに変えて
その口元に浮かべよ

たとえば
一枚だけ残っている母との写真
後ろから肩に手を置いた母の顔を見上げて
口を尖らせている幼いわたし
怒っているのではない
胸のポケットに母が押し込んでくれた飴玉が
その膨らみが　たまらなく嬉しくさせたのだ
たとえば
厳格で厳しいだけだった父が
一度だけみせた肉親のぬくもり
ある冬の朝　停留所でバスを待つ間
吹き付ける風からわたしを護るつもりか
魔法のようにコートの裾を広げて
すっぽりと包んでくれた時の　父の体温

泣くな　わたし
自己憐憫の涙はじゃまになる
日々十分な糧を得　安全に確実に移動ができ
ライフラインは何不自由なく　情報は溢れて
それらすべてを
見知らぬ人々が支えてくれている
深い悲しみの最中にありながら自己を閉じて
世のために働いている人があるのなら
名も知らぬその人のためだけに涙を流せよ

目覚めよ　わたし
知死期と識って尚　起きて花の種を蒔け
一年《ひととせ》経たぬ間に春は巡りくる

わが身無きあとの世に花を咲かせよ
生きた証などではなく　ただ賑わいのためだけに
惜しみなく咲かせよ

肌勢とみ子詩集『スワンソング』解説

真実の光の記憶を追って声高らかに

中谷順子

肌勢とみ子さんは、詩集『そぞろ心』、『パセリの花』、『浄玻璃の鏡』など、既に八冊もの御詩集を出版され、高い評価を得ていらっしゃいます。なかでも二〇〇七年に上梓された詩集『そぞろ心』は、日本詩人クラブ新人賞に輝きました。選考過程で、伊藤桂一先生の強い推薦があったといいます。おそらく、肌勢さんの用いる比喩や言葉の飛翔に加え、生活への認識の深さが伊藤先生の心を動かしたのではないでしょうか。

本詩集にもこうした魅力が遺憾なく発揮され、比喩から象徴へと進化させ、物語性を付加させた高度な技法をみることができます。詩篇「帰り道」の〔蒼く輝くガラスの欠片〕や、詩篇「イタチを探して」の〈イタチ〉を用いた象徴技法は、その背後に隠されている真実の心情を摑み出すと共に、心開いた懐かしい世界を語っていきます。肌勢さんの放つ、子供の頃からの生活認識に培われた強靱な思想の一部を抜粋してみましょう。

生涯に一日だけでいい
特別な最高の一日がありさえすれば
他の日はただ過ぎ去ってしまえばいいのだ

（詩篇「闇を用いて手元を照らす」）

見下ろすかわりに
見上げる愉しみ
少し歪んだ世間の足裏

（詩篇「墜落」）

失ったものは数え切れないほどあるけど
あとから手にいれたものばかりだから

（詩篇「墜落」）

本詩集の表題の『スワンソング』とは、皆様がご存知のように、伝説上の白鳥の歌からとられたドイツ語を英訳した言葉で、《普段は鳴かない鳥が、死を前にして美しい歓喜の歌を唄う》という意味が込められています。肌勢さんは本詩集を出版なさるにあたって、「この詩集を人生最後にしようと思っていますし、亡くなった友人の墓前に供えることが第一の目標なので…」と語って下さいました。

亡くなった友人とは「あとがきに代えて」の「イタチを探して」に登場してくる中学生時代の女友達・Sちゃんのことです。ひょうきんな性格のSちゃんと、肌勢さんは毎日つるんで一日中笑い合っていたと言います。淋しさのなかで打ち解け合った、唯一の飛びっきり愉快な親友で、この親友とは詩篇「別れ道」に書かれているような事情で実家を出ることとなり、別れたきりとなりました。肌勢さんは日々の忙しさにかまけて六十年近く経ってから、Sちゃんが重い病気で療養中と知ったそうです。手紙を出し、すぐに返事が届き、逢いたいと願いながらも、とうとう逢えず仕舞いで亡くなりました。本詩集は親友・Sちゃんへ捧げる詩集です。

でも本詩集の出版は、本当にそれだけでしょうか。

肌勢さんは、しばらく詩から離れ、一昨年あたりから又書きたくなって「花」にご入会され、「詩素」「ちぎれ雲」の同人となられたとのこと。そうした肌勢さんにとって『スワンソング』とは、一体どういう意味なのでしょうか。冒頭詩「新しい道」に書かれている〈人生の最終章を／どっぷりと幸福に浸かって過ごしたい〉、さらに詩篇「光る道」で〈朝日に照らされて眩しく光る道が見える〉とは一体どういう道なのでしょうか。

肌勢さんを知って頂くため、幼い頃の暮らしを少しお話ししましょう。

肌勢さんは宮崎県小林市北西方の貧しい農家に生まれました。と書きますと、まぁ、貧しいなんて書いて…と思われるに違いありません。何と言いましても彼女は八冊もの御詩集をご出版されているのですから、恵まれないとは言えないでしょう。私も肌勢さんがご子息様達の要望で記した「生い立ちの記」を読ませて頂いて、初めて知りました。宮崎県から熊本県に抜ける県道からそれた薄暗い杉林を横切り、崖道を登りきって下《くだ》り、畑の土手に寄りかかって建つ生家を次のように記しています。

家と言っても、四本の丸太の上に萱の屋根を乗せて、周りを粘土に藁を入れて練った土壁か雑木を束ねただけの壁で囲った掘っ立て小屋です。内部の広さは二十畳ぐらいだったでしょうか。その内、三分の一はむき出しの土間でした。土間の奥に木と竹で作った、給水設備も排水設備もない、流し台らしき台があり…（中略）…五十メートルほど離れた泉からバケツで水を汲んできて、水がめいっぱいに貯めておくのです。

（「生い立ちの記」）

毎日、水を汲んで甕に貯めておくのは彼女の役目でした。お母様は彼女が小学校にあがる前年に離縁して家を出て行かれたとのこと、貧乏が離縁の要因だったようです。詩篇「サイレントスワンソング」には、幼い頃の、飴玉を懐に入れて下さった母上の思い出や、吹き付ける風から守って下さった父上の体温の温もりを、宝物のように大切になさっていらっしゃる彼女の心情が描かれています。詩篇「帰り道」は懐かしい故郷の道を探しに行く状景が描かれ、そして、十五歳で故郷を出てから再び訪れたときのことを次のように書いています。

再びその場所を訪れたわたしは思わず立ちすくんだ

谷は埋められ山はそがれて一面が畑になっていた

（詩篇「帰り道」）

本詩集は貧しく辛い生活のなかでも確かに瞬いていた真実の光の記憶を追う詩集です。詩にしたいのは彼女の原点である故郷の光景、一緒に暮らした家族とのかけがえのない暮らし、支え助けてくれた見知らぬ人々の忘れられない優しさ。そうした思い出こそが、彼女がもっとも書きたい《光る道》なのではないでしょうか。

低い場所からでも空は見える

（詩篇「墜落」）

ある日思った
花なんて　と
花なんていくらきれいに咲いたところで

少しも腹の足しにはならない

（詩篇「世を儚んで」）

垢じみた服を着た　おかっぱ頭の小さな女の子
おどおどした暗い眼で大人の顔色を窺ってばかりいた
けれど頭の中ではいつでも
独りお楽しみ会が開かれていて　延々と続く空想の世界

（詩篇「のりしろ」）

私が言いたいのは、本詩集のどこをとってもその言葉たちを連れて来た存在を、肌勢さんはきちんと知っているということです。どの言葉にもしっかりした体験があって、決して借り物ではない。何物とも交換できない深い体感が輝いている言葉たちなのだということです。そしてそれらの言葉たちは、何よりも彼女の生きる強さに繋がっています。本詩集のどこをとっても彼女の強さを思わないではいられないのです。

そうそう、ご結婚され、ご主人様と三人のご子息様たちとに恵まれた現在の生活のなかで、三匹の猫もまた重要な憩いと幸せを与えてくれる家族であることもお話ししておきましょう。関西弁で綴られた猫のセリフには彼女の卓抜した想像力が生きています。クッキングも幼い頃の貧しかった彼女の生活にはなかった贅沢な愉しみの一つであることも…。

浮かべよ　わたし
遠い昔の最良の日の一コマを
極上の微笑みに変えて
その口元に浮かべよ

（詩篇「サイレントスワンソング」）

本詩集の最後を飾る詩篇「サイレントスワンソング」には、真実の自分の言葉の喜びにめざめた肌勢さんの、高らかな歌声があるではありませんか。本詩集は彼女しか書き得ない、彼女の生きた証を語る、彼女を支えて下さった人々への感謝の詩集だと思うのです。Sちゃんは肌勢さんを支えたそれらの人々の代表であり、眩しい象徴なのです。

令和六年八月吉日

あとがきに代えて

イタチを探しに

朝　ドアを開けると
影のようなものが目の前をサッと過った
塀際に目をやると
猫より大きな動物がうずくまっている
見なかったふりをしてすぐにドアを閉めた

翌朝は庭にいた
今度ははっきりと姿をみせていた
それはイタチだった

狸やハクビシンの姿を見かけたことはあったが
イタチがきたのは初めてだった
一部が都立公園になっている丘陵の
崖崩れ防止の工事が始まって
崖は木を伐られて草も刈られて
赤っぽい土がむき出しになっている
これまでそこをねぐらにしていた野生動物たちが
新しい居場所を探して歩き回っているのだろう

近づくとイタチは浅い草むらに飛び込んだ
　来たの？　と　意味のない言葉をかける
するとイタチは　それ以上逃げようとしないで
小さな眼でじっとわたしの眼を見つめている
そばを離れてもしばらくは庭にいたが
そのうち忍者のように

塀の真ん中辺りを横に歩いてどこかに消えた
それっきりだった

それから一週間ほど経って
Sちゃんが亡くなったという知らせが届いた
もう葬儀も済ませた　と書いてある
そうだ　あの小さな眼はSちゃんの眼だ
　そうよね　あの時会いに来てくれたのよね
あのイタチはSちゃんだったのね

あれから　何度も尾根の反対側の山に行ってみた
Sちゃんに会いに　イタチを探しに
さようならと　ありがとうを伝えたくて

Sちゃんとは中学時代大の仲良しだった

まるで双子のように毎日つるんでいた
何がそんなにおかしかったのか思い出せないが
殆ど一日中ふたりで笑っていた
それなのに　卒業以来一度も会わないどころか
電話や手紙すらやり取りしていなかった
会いたくなればいつでも会えると思っていたから
何の不思議もなかった
ひと月ほど前　他人《ひと》を介して
Sちゃんが重い病気で療養中だと知らされて
手紙をだすとすぐに返事がきた
しっかりした文字と文章で
昔を思い出している様子が書かれていたので
安心した矢先の知らせだった
Sちゃんはあの日イタチになって
わたしに会いに来てくれたのだと信じている

手紙など出さずに会いに行けばよかった
泣きたかったよ　一緒に
そして笑いたかった　思いっきり

——この本をSちゃんに捧げ、私は死ぬまでSちゃんと共に生きる

謝辞

この夏、暑さなんか感じていられない程の、様々な苦しみを味わった。

股関節の軟骨がすり減ってしまっているようで、だいぶ以前から脚のあちこちで痛みを感じていたのだが、いよいよ我慢も限界を超えたなと思っていたところに、とどめを刺すように椎間板ヘルニアを発症してしまい、ある朝起きてみると、足が一センチほどしか上がらなくなっていて、どうにもこうにも前に進めない状態なので、手に頼って伝い歩きをして、やっと階下に降りることができた。

あっちの壁、こっちの椅子と伝いながら夫の介護と猫の世話、そして、朝食の用意をしてから、会社に出掛けた。

数年前から売上の減少が続いていたのだが、今期はさらに悪化して会社は最大のピンチを迎えていて、なんとか打開すべく銀行や役所、税務署等に日参している状況なので、たとえ脚が上がらなかろうが息が止まっていようが、会社を休む訳にはいかない。

そんな中、古い友人が闘病の末亡くなったという知らせがあり、後に私の本を読みたがっていたことを知り、その友の墓前に供えるために、一念発起して最後の詩集を創ることを決意した。

そこへ、偶然送られてきた詩集を読むうちに、どうしようもなくその詩集の作者である、中谷順子さんにほれ込んでしまった。

新しい詩集に、この方に解説文を書いてもらえたら、どんなにどんなに素敵で幸せなことだろう。そう思うと、いても立ってもいられなくなり、一度だけお会いしたというか、お見掛けしたことがあるだけなのに、先方の都合など考えもせず、すぐに、今度の新詩集に解説文を書いていただきたい旨の手紙を出した。

中谷さんは、未知の人に近い私からの手紙に驚かれ、戸惑われながらも、最後は承知して下さり、想像していたよりずっと素晴らしい解説文を書いて下さいました。

こんな私に、良くしていただいて本当にありがとうございました。

それから、土曜美術社出版販売の高木社主はじめ、編集その他のスタッフの方々には、突然の依頼に際しても、丁寧な対応と敏速な仕事ぶりで、すごくスムーズにことが運んで助かりました。

ここに平身低頭してお礼を申し上げます。

また、装幀の高島鯉水子さんには、細かい気配りと的確な対応をしていただきまして、自分でいうのもなんですが、とても素敵な本が出来上がりました。

皆様、この度は本当にありがとうございました。

追記

何かと困難な時期を一緒に病と闘った、飼い猫のゼブラがついに力尽きて、九月二十日に虹の橋を渡りました。

それから、銀行の「てのひらがえし」の術には、奥の手で打ち負かし、会社は細々とではありますが、未来に向かって躍進中であります。

また、私の椎間板ヘルニアは神経系統に適合するという薬を処方され、夜飲んで寝て朝起きたら、上がらなかった脚が嘘のようにぴょーんと上がり、スイスイと歩けるようになりました。

著者略歴

肌勢とみ子（はだせ・とみこ）

1952年　宮崎県小林市生まれ

既刊詩集『そぞろ心』『パセリの花』『浄玻璃の鏡』他8冊

所属団体　日本ペンクラブ会員
詩誌「ちぎれ雲」同人
詩誌「花」同人
詩誌「詩素」同人

詩集　スワンソング

発行　二〇二四年十二月一日

著者　肌勢とみ子
装幀　高島鯉水子
発行者　高木祐子
発行所　土曜美術社出版販売
〒162-0813　東京都新宿区東五軒町三—一〇
電話　〇三—五二二九—〇七三〇
FAX　〇三—五二二九—〇七三二
振替　〇〇一六〇—九—七五六九〇九
DTP　直井デザイン室
印刷・製本　モリモト印刷
ISBN978-4-8120-2861-2　C0092

JASRAC　出　2408393-401